P9-DUQ-552

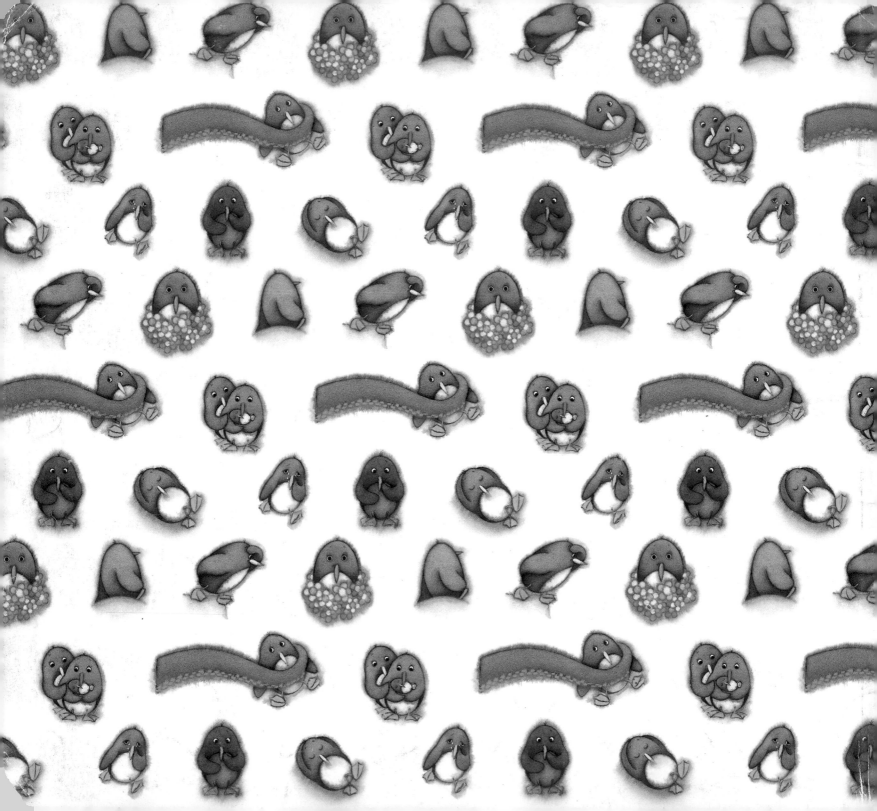

First Spanish language edition published in the United States
and Canada in 1998 by Ediciones Norte-Sur, an imprint of
Nord-Süd Verlag AG, Gossau Zürich, Switzerland.

Library of Congress Cataloging-in-Publication Data is available.

ISBN 1-55858-892-2 (Spanish paperback)
3 5 7 9 .PB 10 8 6 4 2
ISBN 1-55858-886-8 (Spanish hardcover)
1 3 5 7 9 PB l0 8 6 4 2

Printed in Belgium

Si desea más información sobre este libro o sobre otras publicaciones
de Ediciones Norte-Sur, visite nuestra página en el World Wide Web:
http://www.northsouth.com

El pingüino Pedro y Pat

Escrito e ilustrado por
Marcus Pfister

Traducido por Iñigo Javaloyes

Ediciones Norte-Sur

New York

El pingüino Pedro empezó a despertarse. Por un momento no supo dónde estaba.

—Buenos días —retumbó una voz profunda—. ¿Has dormido bien?

—¡Ah, Walter, eres tú! —dijo Pedro algo confundido—. ¡Pensé que todavía estaba soñando!

Pedro se subió a la cola de la ballena Walter y, mirando el horizonte, parpadeó frente a los primeros rayos de sol.

Hacía tres semanas que los dos amigos estaban viajando y faltaba muy poco para que regresaran a casa.

—Antes de volver me gustaría que conocieras a mis primos los delfines —dijo Walter—. ¡Vayamos hacia el fondo del mar!

Pedro se agarró con fuerza a la cola de la ballena, y ambos se sumergieron.

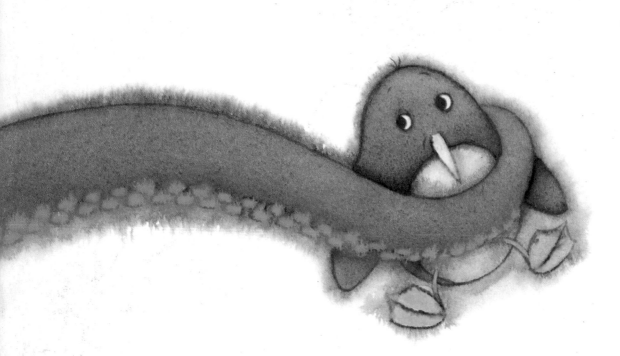

Cuando no llevaban ni cinco minutos debajo del agua,
Pedro sintió que un brazo muy largo lo agarraba y lo
arrancaba de la cola de la ballena. En seguida sintió que eran
dos brazos los que lo sujetaban, y luego tres. En poco tiempo
Pedro estaba rodeado por un montón de brazos. Todo a su
alrededor se oscureció.

—¡Socorro! —gritó Pedro con todas sus fuerzas—.
¡Walter, ayúdame!

—¡Tranquilo, Pedro! No tienes por qué preocuparte
cuando estoy a tu lado —dijo Walter con calma. Pedro se
alegró mucho de oírlo.

—Éste es mi amigo el pulpo —continuó Walter—.
Se pasa el día haciendo bromas.

Pedro tenía las plumas tan cubiertas con la tinta del pulpo que casi no podía mover las aletas. Los dos amigos subieron a la superficie y Pedro se duchó con el chorro de agua de la ballena. Al final quedó tan limpio y fresco como antes.

—¡Pedro, mira cómo brincan los delfines allí enfrente! —exclamó Walter lleno de felicidad.

Pedro y Walter se acercaron tanto a los delfines que Pedro casi podía tocarlos. Los delfines saltaban con elegancia por el aire para zambullirse nuevamente en el agua fría del mar.

Mientras Pedro y Walter volvían a la colonia de pingüinos por el camino más corto, Pedro dijo:

—Cuando lleguemos a casa les enseñaré a mis amigos cómo saltan los delfines. ¡Se van a quedar con el pico abierto de asombro!

La noticia del regreso de Pedro se había extendido rápidamente por toda la colonia. Todos los pingüinos acudieron a darle la bienvenida. Cuando Pedro llegó a la orilla, una pingüinita se acercó a él y le entregó un ramo de flores. Pedro no podía dejar de admirar el bellísimo pico azul de la pingüinita. Pero antes de que pudiera darle las gracias, sus amigos se lo llevaron al hombro locos de contentos.

Los amigos de Pedro lo dejaron en el suelo en cuanto llegaron al montón de nieve donde tenía su casa. El papá y la mamá de Pedro se alegraron de tener a su hijito nuevamente en casa. Y también se sorprendieron mucho al ver cuánto había crecido.

Esa noche, Pedro les contó sus aventuras hasta muy tarde. Pero cuando llegó la hora de irse a la cama, Pedro no conseguía dormirse. No hacía más que pensar en la pingüinita.

—Mañana iré a buscarla —murmuró mientras se le cerraban los ojos de cansancio.

Poco antes del amanecer,
Pedro emprendió la búsqueda de la
pingüinita del pico azul. Desde la cumbre de la
colina más alta alcanzaba a ver toda la isla. Sin embargo,
no vio el menor rastro de la pingüinita.

Pedro preguntó a todos los pingüinos que encontraba
a su paso, pero ninguno la había visto. Cuando ya se estaba
dando por vencido, alguien le dijo:

—¡Ah! ¿Buscas a Pat? Vive allí, en esa pequeña bahía.

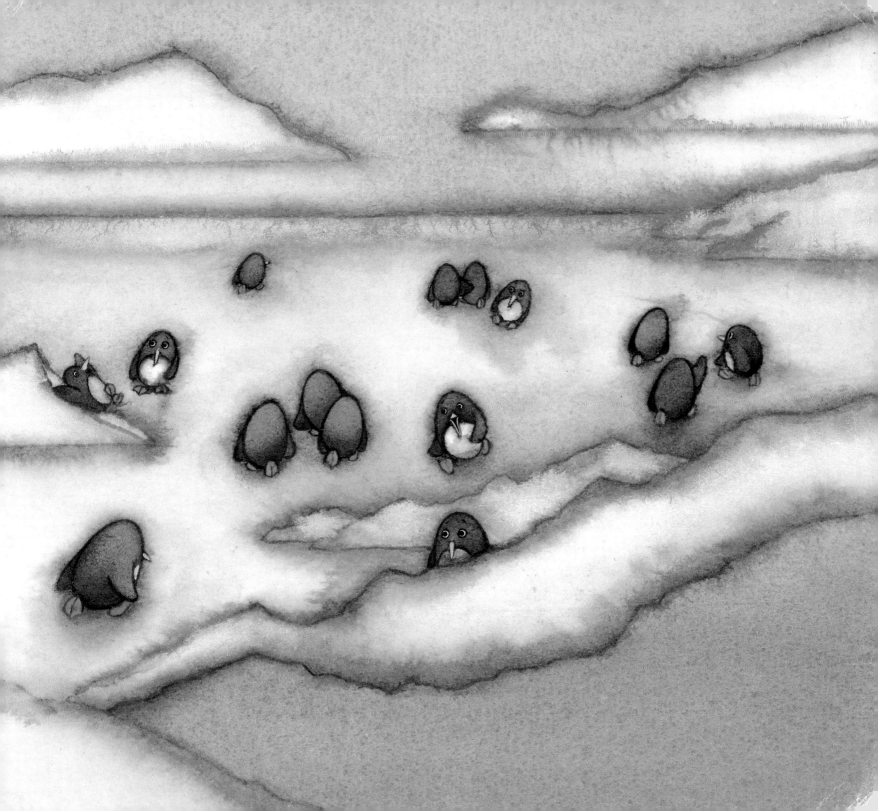

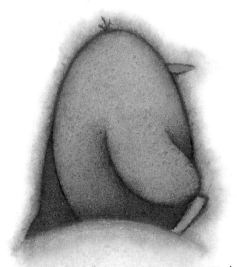

Tal y como le habían indicado,
Pedro encontró a la pingüinita del pico
azul en las heladas playas de la bahía. Cuando Pedro le habló
de repente, Pat se sobresaltó un poco.

— ¡Hola, Pat! —dijo Pedro—. Ayer no tuve tiempo de darte
las gracias por el precioso ramo de flores que me regalaste.
¿Te gustaría tomar un poco de hielo conmigo?

Pat se puso muy contenta al ver cómo Pedro rompía un
trozo de hielo y se sentaba a su lado. Ambos compartieron
el hielo mientras se contaban sus vidas.

Pedro y Pat se hicieron muy buenos amigos y empezaron
a verse todos los días. Cuando Pedro tuvo el valor de pedir la
aleta de Pat en matrimonio, comenzaron los preparativos
para celebrar una gran boda en la isla.

Como sorpresa especial, Walter invitó a todos los amigos
que Pedro había conocido durante su viaje. A la fiesta vinieron
el muchacho del trineo con su perro, las focas, los delfines,
el elefante marino, el pulpo y también Esteban, el pajarito.
Luego de la boda, todos bailaron durante toda la noche
sobre una pista de hielo y nadie volvió a su casa hasta casi
el amanecer.

Muy pronto Pedro y Pat se dedicaron a construir un nido y, al poco tiempo, Pat puso un huevo. Después de casi cuarenta días nació un pingüinito al que llamaron Timoteo.

Pat lo acomodó en sus aletas mientras Pedro miraba con orgullo el piquito de Timoteo. ¡Su hijo era el único pingüino en millas a la redonda con un pico verde!

Timoteo creció muy rápido. Se pasaba las horas jugando feliz en la nieve, pero un día llegó a casa con lágrimas en los ojos.

—Todos me dicen que soy verde porque todavía no sé nadar —dijo llorando.

—No te preocupes Timoteo —lo consoló Pedro—. Lo único que tienes verde es el pico. Mis amigos también se reían de mí cuando era pequeño. Pero yo sé hacer algo que te va a gustar. ¡Es algo que va a sorprender mucho a los demás! Ven conmigo.

¡Ese día, Timoteo entró al agua por primera vez, sentado en la panza de su papá! Al verlo, todos los demás se quedaron boquiabiertos, y ninguno de ellos volvió a reírse nunca más de Timoteo.

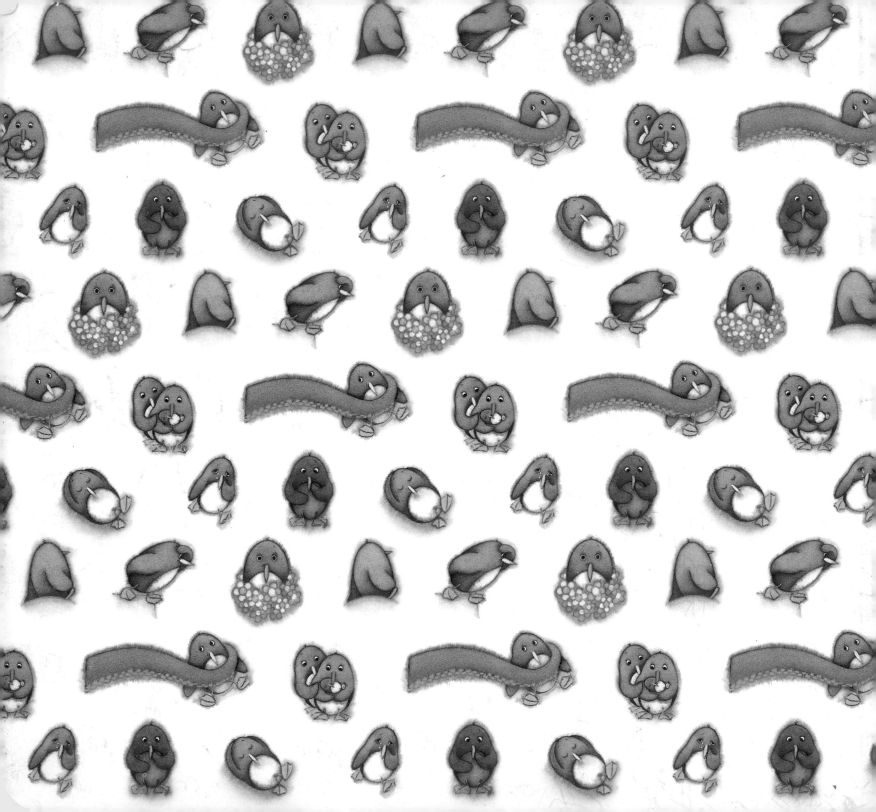